Friedrich Immanuel Grundt

Kaiserin Helena's Pilgerfahrt nach dem heiligen Lande

Antigonos

Friedrich Immanuel Grundt

Kaiserin Helena's Pilgerfahrt nach dem heiligen Lande

Unveränderter Nachdruck der Originalausgabe von 1878.

1. Auflage 2024 | ISBN: 978-3-38673-492-9

Antigonos Verlag ist ein Imprint der Outlook Verlagsgesellschaft mbH.

Verlag: Outlook Verlag GmbH, Zeilweg 44, 60439 Frankfurt, Deutschland
Vertretungsberechtigt: E. Roepke, Zeilweg 44, 60439 Frankfurt, Deutschland
Druck: Libri Plureos GmbH, Friedensallee 273, 22763 Hamburg, Deutschland

PROGRAMM

des

Gymnasiums zum heiligen Kreuz

in Dresden

womit

zu dem Valedictions-Actus

am 23. März

und zu den öffentlichen Prüfungen der Klassen

am 10. und 11. April

ergebenst einladet

das Lehrer-Collegium.

Erste Abtheilung:
Kaiserin Helena's Pilgerfahrt nach dem heiligen Lande, von Dr. Friedrich Grundt.
Zweite Abtheilung:
Schulnachrichten vom Rector.

Dresden,
Lehmann'sche Buchdruckerei.
1878.

Kaiserin Helena's Pilgerfahrt nach dem heiligen Lande.

Für das richtige Verständniss der heiligen Schrift ist die Kenntniss der Natur und Beschaffenheit Palästinas, des wesentlichen Schauplatzes der biblischen Ereignisse, von höchstem Werth. Daher hat die grammatisch-historische Auslegung der Bibel ein besonderes Interesse an den Untersuchungen über die Topographie von Jerusalem, über die Flora und Fauna des heiligen Landes. Hier hat eigene Anschauung dunkle Stellen der Schrift gar oft erklären, mangelhafte Angaben ergänzen helfen; und besonders in neuerer Zeit sind viele der nach Kanaan unternommenen Pilgerfahrten aus dem Streben hervorgegangen, eingehende Untersuchungen an Ort und Stelle vorzunehmen und die Resultate derselben für die Schriftauslegung nutzbar zu machen. Die bei weitem grösste Zahl derer aber, welche den Wunsch hegten, den Boden der Verheissung zu betreten, auf welchem einst die Füsse des Herrn wandelten, ist durch die Begeisterung für die heiligen Stätten nach Palästina geführt worden. Bischof Alexander von Cappadocien im dritten Jahrhundert kann als der Chorführer der Pilger des heiligen Grabes bezeichnet werden (s. Robinson, Palästina und die südlich angrenzenden Länder; Halle 1841. II. p. 207 f.). Besonders zu Anfang des vierten Jahrhunderts aber waren diese Pilgerfahrten allgemein geworden, und seitdem des grossen Constantin greise Mutter die heiligen Stätten Kanaans besucht, haben fast unzählige andere nach demselben Reiseziel des fernen Ostens ihre Schritte gelenkt. Daher ist eine fast unübersehbare Menge von Itinerarien und Pilgerbüchern im Laufe der Jahrhunderte entstanden. Wie aber fast alle in der heiligen Geschichte hervorragenden Punkte Kanaans Erinnerungen an die erste fürstliche Pilgerin darbieten, so wird auch in fast allen Reiseberichten der Name Helena's gefunden. Dass ihr Weg nach dem heiligen Lande, unternommen in einer Zeit, in welcher mit dem Orient auch Jerusalem zum ersten Male unter dem Scepter eines christlichen Kaisers stand, der ausschmückenden und bereichernden Sage willkommenen Stoff darbot, liegt auf der Hand, und darum darf es der Mühe werth erscheinen den Weg der ersten fürstlichen Pilgerin nach Palästina, sowie die Richtung und Vollendung desselben genau zu bestimmen. Eine Musterung der vielen, zum Theil sich vielfach widersprechenden Nachrichten über Helena drängt zur Beantwortung der Fragen: Wann, in welcher Begleitung und zu welchem Zweck ist Constantins Mutter nach Kanaan gegangen, welche Orte hat sie dort besucht, welche Kirchen, Klöster und anderen Gebäude dürfen als von ihr gestiftet, welche Anordnungen und Einrichtungen als von ihr herrührend betrachtet werden?

Die Zahl der von Helena gestifteten Gebäude müsste freilich eine beträchtlich grosse sein, wenn man der in dieser Beziehung sehr geschäftigen Tradition überall Glauben schenken dürfte. Nicht nur in Jerusalem selbst und in unmittelbarer Nähe der heiligen Stadt, sondern auch an den meisten andern in der heiligen Geschichte hervortretenden Orten treffen wir Kirchen und Klöster, deren Stiftung die Tradition auf Helena zurückführt.

Abgesehen von der Kirche des heiligen Grabes, über welche wir später ausführlicher zu sprechen gedenken, soll Helena in Jerusalem das Haus des Kaiphas auf dem Zion unweit des Zionsthores in einen christlichen Tempel umgewandelt und dem Apostelfürsten Petrus geweiht haben (s. Historica theologica et moralis terrae sanctae elucidatio. auctore Fr. Francisco Quaresmio; tom. II, Antverpiae 1639, p. 177. 427a); die Stiftung einer christlichen Kirche in loco coenaculi d. i. an der Stelle der Einsetzung des heiligen Abendmahls schrieb man gleichfalls der Kaiserin zu (Quaresmius, a. a. O., 427a). Ferner erinnert das unweit des heiligen Grabes und der Damascusthorstrasse (Robinson, Neuere Forschungen in Palaestina: Berlin 1857. p. 219. 221. 247) gelegene Helenenhospital (s. Pocockes Beschreibung des Morgenlandes, 2. Auflage Erlangen 1771, II, p. 16. 29), sowie die auf dem Golgathagebiet nördlich von der Kirche zum heiligen Grabe gelegene (Berggren: Bibel und Josephus über Jerusalem und das heilige Grab; Lund 1862 p. 237. Tobler: Golgatha, seine Kirchen und Klöster. St. Gallen und Bern 1851. p. 397. Robinson, a. a. O. p. 259), auch Schatzkammer der Helena (Robinson, p. 220) genannte Cisterne an den Aufenthalt der Kaiserin in Jerusalem. Aus der Grabeskirche steigt man auf 28 Stufen nach der Helenacapelle hinab (Tobler: Dritte Wanderung nach Palaestina im Jahre 1857. Gotha 1859, p. 272); hier ist ein Altar (Tobler: Golgatha, p. 306) und zwar der grössere (Quaresmius, a. a. O. p. 422b) der Mutter Constantins geweiht; die Tradition nennt einen kleinen Felsvorsprung in der Kreuzfindungscapelle, in welche man auf 13 Stufen aus der Helenacapelle hinabsteigt, den Stuhl der Helena (Tobler: Golgatha, p. 302). Die Mariencapelle auf Golgatha wurde von dem Patriarchen Chrysanthos Notara: ὁ θρόνος τῆς ἁγίας Ἑλένης genannt (Tobler: Dritte Wanderung, p. 275). Die Grabeskirche enthält Bilder des Constantin und der Helena (Tobler: Golgatha, p. 156. 276. Quaresmius, p. 369a. 409a. 459a).

Zahlreiche Erinnerungen finden sich in den nächsten Umgebungen der heiligen Sadt. Am Siloahteiche, im Süden der Stadt (Quaresmius, 427a), über dem Grabe der Mutter Jesu im Thale Josaphat vor der östlichen Stadtmauer (Quaresmius, 241. Nicephori Callisti libri decem et octo. 1588 Francofurti, lib. VIII, cap. 30, p. 401 fg.) soll Helena Kirchen gebaut haben. Ebenso wurde ohne alle Glaubwürdigkeit behauptet, dass die Jeremiasgrotte, 360 Schritt nördlich vor dem Damascusthor, in welcher der Prophet seine Klaglieder gesungen haben soll, oder in welcher er nach jüdischer Sage begraben liegt, von der Kaiserin in eine Kirche verwandelt worden sei (Tobler: Zwei Bücher Topographie von Jerusalem. Berlin 1853. II p. 191, 199). Um die Mitte des 14. Jahrhunderts erzählte man von der Zurüstung des Hakeldama (Tobler: Topographie, II 271), dass Helena den Blutacker vergrössern und mit Mauern umgeben liess; 270 kleine Fahrzeuge brachten durch ihre Fürsorge die röthliche Erde desselben nach Roms Friedhöfen, ebenso nach Pisa und Siena (Il Pellegrino nell' Asia del Dottor Angelo Legrenzi. In Venetia 1705, p. 106); auch die Brücke im Kidronthal soll Helena errichtet haben (Robinson, II, 34, Anm. 2). Am Fusse des Oelberges in Bethanien über dem Grabe des Lazarus (Quaresmius, 427 a. Tobler: Topographie II. 453), an der Geburtsstätte Johannes des Täufers (Tobler, a. a. O. p. 370) wie am Jordan (Quaresmius, 427. 709) hat Helena Kirchen erbaut; auch die Stiftung des Eliasklosters, eine Stunde südwestlich von Jerusalem und ebensoweit nördlich von Bethlehem, also auf der Hälfte des Weges zwischen beiden Orten (Tobler: Topographie II, 551) wird ihr zugeschrieben; ebenfalls die Stiftung des Tempels bei Bethlehem, wo einst die Hirten die Kunde von der Geburt Jesu empfingen (Quaresmius, 427), wie auch die Erbauung der St. Katharinenkirche (Quaresmius, 673a), der Kirche über der Geburtsgrotte (Robinson II, 379) und der Marienkirche in Bethlehem (Quaresmius, 674a). Auch die Stiftung des eine halbe Stunde westlich von Jerusalem in anmuthigem Thale gelegenen Kreuzklosters ging von Helena aus (Tobler: Topographie II, 727. 736), ebenso die des Klosters in Latrun, südlich am Wege von Ramleh nach Jerusalem. Auch begegnen wir Stiftungen von Kirchen und Klöstern, wenn wir die von dem Damascusthor, also von der nördlichen Mauer der heiligen Stadt weiter nach Norden führende Strasse verfolgen. Hier finden wir zunächst in der Priester-stadt Anathoth, dem Geburtsort des Propheten Jeremias, ein Kloster (des Herrn von Arvieux ... merkwürdige Nachrichten ... II. Th., Kopenhagen und Leipzig 1753, p. 85), ferner liegt weiter nördlich an der Strasse nach Nablus d. i. Sichem (Tobler: Topographie II, 495 f.) die

Ruine einer wahrscheinlich von den Kreuzfahrern errichteten Kirche. Auf dem Tabor sollen zu Ehren der drei Apostel, vor welchen Christus verklärt wurde (Quaresmius, 847b. 427. Bilder aus dem heiligen Lande . . von Daniel Wegelin aus St. Gallen, Zürich 1845, p. 160. Robinson, III, 468), auf dem Karmel (Wegelin a. a. O. 27. Robinson: Neuere Forschungen, p. 130), in Kana, Nazareth (Robinson, III, 434), Kapernaum, Tiberias (Quaresmius, 427), an der Seite des Berges Garizim über dem Jacobsbrunnen (Robinson, III, 331) von Helena Kirchen erbaut worden sein. Ja, im fernen Norden wird die in Trümmern liegende Kirche unweit Abila bei Damaskus (Pococke II, 169), ebenso wie im Süden die Reste von Stufen auf dem Sinai und der Thurm des jetzigen Klosters (Pococke I, 218. Reise in den Orient von Tischendorf, Leipzig 1846, p. 226) auf Helena's Stiftung zurückgeführt. Auch die jetzige Moschee, eine vormals christliche Kirche, in Gaza (Robinson, II, 635, Anm. 1) und das Haram in Hebron sind nach klösterlicher Ueberlieferung von Helena angelegte Bauwerke (Robinson II, 709).

Bei einigen der genannten Gebäude darf allerdings ein hohes Alter vorausgesetzt werden. Nach Robinson (Neuere Forschungen, p. 130) würden die massiven Ueberreste des Klosters auf dem Karmel mit Wahrscheinlichkeit der Helena zugeschrieben; auch lässt die Kirche des coenaculum in Jerusalem, wenn sie von Cyrill angedeutet wird (Robinson I, 401), die Zeit des Constantin ziemlich sicher voraussetzen. Nach Socin (s. Baedeker: Syrien und Palaestina, p. 212) reicht das Alter der an der Grabeskirche befindlichen Cisterne in Jerusalem vielleicht über die Zeit des Constantin hinauf. Auch in der Nähe der heiligen Stadt sind ungefähr um diese Zeit Kirchen gebaut worden; so muss in Bethanien zur Erinnerung an Lazarus bereits im vierten, spätestens Anfang des fünften Jahrhunderts eine Kirche errichtet worden sein; denn in der von Hieronymus uns erhaltenen Chorographie des Landes Judaea enthält der zu Grunde liegende griechische Text des Eusebius († 337) s. v. Bethania nur die Worte: ἔνϑα ὁ Χριστὸς τὸν Λάζαρον ἤγειρεν, δείκνυται εἰς ἔτι καὶ νῦν ὁ Λαζάρου τόπος (al. τάφος). Die ergänzende Hand des lateinisch übersetzenden Hieronymus († 420) bemerkte dazu: cujus et monumentum Ecclesia nunc ibidem extructa demonstrat (s. Hieronymus: De situ et nominibus locorum Hebraicorum; Opp. tom. III, p. 182 der Veroneser Ausg. v. J. 1735). An fast allen Orten aber erwecken die Gebäude oder die von ihnen noch vorhandenen Trümmer gegründete Zweifel rücksichtlich ihrer Entstehung im 4. Jahrh. (vergl. Tobler: Topogr. II, 370. 495f. 191f. 199. 727f. 736. Quaresmius, p. 241. 673a). Bezeichnend ist die Bemerkung Pocockes (II, 169) in Bezug auf die Trümmer einer Kirche unweit Abila bei Damascus: „Diese Kirche soll die heilige Helena erbaut haben, wiewohl man eben dieses von einer jeden sehr alten Kirche saget.“

Haben wir nun ein volles Recht, an der Tradition, welche sich hier mehr als je geschäftig erwiesen hat, zu zweifeln, so ist es deswegen auch unmöglich, den Gang und die Richtung des Weges der ersten fürstlichen Pilgerin im heiligen Lande nach den unter ihrem Namen heute noch vorhandenen Kirchen und Klöstern bestimmen zu wollen. Dass Helena's Weg wirklich vom Sinai über Jerusalem, durch Samaria und Galilaea bis nach Damascus gegangen sei, scheint allerdings aus einigen Andeutungen der Historiker gefolgert werden zu dürfen. Nach Hermias Sozomenus (Ecclesiastica historia Henrico Valesio interprete, Moguntiae 1677, p. 443) durchmusterte Helena „die Städte des Orientes“, und der der Zeit näherstehende Eusebius, welcher jedoch bei der Verherrlichung seiner Helden Constantin und Helena durchaus nicht sparsam mit Worten ist, sagt von der letzteren, dass sie „den ganzen Orient“ mit grossem Aufwand königlicher Macht durchzog (Vit. Const. III, 44: τὴν . σύμπασαν ἑῷαν μεγαλοπρεπείᾳ βασιλικῆς ἐξουσίας ἐμπεριελθοῦσα). Indess ist dies auch deswegen kaum glaublich, weil Helena die Pilgerfahrt nach dem heiligen Lande erst im hohen Greisenalter unternahm. Nach Quaresmius (p. 410b) kam sie nach Jerusalem aetate jam ingravescente; sie war, als sie den Weg unternahm (s. p. 426b), jam multis annis onusta . . sexu et aetate infirma. Nach Nicephorus (hist. eccles. VIII, c. 29) geschah es kurz vor ihrem Ende (ad extremum jam vitae pervenerat); dieselben Bemerkungen finden sich in Theodoriti episcopi Cyri hist. eccles., edid. Henricus Valesius, Moguntiae 1679. lib. I, c. XVIII, p. 47. Jacob Gretser, De sancta cruce. Ingolstadii 1616, p. 210. Vergl. Hermanni Witsii miscellaneorum sacrorum tom. II. Lugd. Batav. 1736, p. 285. Vergl. auch Eusebius (Vita Const. III, c. 42: *ἧκε δὴ σπεύδουσα νεανικῶς ἡ πρέσβυς*, s. dazu Eusebii Pamphili de vita Constantini libri IV, edid. Heinichen, Lipsiae 1830, p. 199, not. 2). Die meisten der genannten Schriftsteller lassen auf die Erzählung von der Rückkehr der Kaiserin aus dem heiligen Lande fast unmittelbar die Nachricht ihres Todes folgen; Helena starb aber kurz vor dem vollendeten 80. Lebensjahre; vgl. Socratis hist. eccles. p. 47 (*εὐσεβῶς . . διανύσασα τὴν ζωήν, ἐτελεύτησε ὡσεὶ ὀγδοηκοστὸν ἔτος*), ebenso Hermiae Sozomeni eccles. hist., p. 443 (*ἔτη μὴν ἀμφὶ τὰ ὀγδοήκοντα*), vgl. ferner Eus. vita Const. III, c. 46 (*σχεδόν που τῆς ἡλικίας ἀμφὶ τοὺς ὀγδοήκοντα ἐνιαυτοὺς διαρκέσασα*). Hätte nun die Reise nach Jerusalem zwei Jahre gedauert, nämlich von 325—327 (s. Herzog, R. E., V. Bd. p. 698 f.), so müsste Helena in ihrem 78. Lebensjahre dieselbe unternommen haben, hätte sie ferner vor ihrem Tode den 14. Sept. als den Tag der Kreuzfindung festgesetzt (Gretser, De sancta cruce, p. 1702, Denkwürdigkeiten aus der christlichen Archäologie von Joh. Chr. W. Augusti, 3. Bd. Leipzig 1820, p. 303) und wäre sie nach Jerusalem gekommen *μηνὸς δευτέρου ὀγδόῃ καὶ εἰκάδι* (s. Gretser, p. 1692), so dürfte der Aufenthalt in der heiligen Stadt vom 28. Febr. bis 14. Sept. gedauert haben. Indess diese letzteren Zahlangaben sind durchaus unsicher, selbst das Todesjahr der Kaiserin ist kaum mit Sicherheit zu bestimmen. Ebensowenig kann also das Jahr, in welchem die Pilgerfahrt unternommen wurde, sicher angegeben werden (s. Heinichen, Vit. Const. p. 199 not. 3). Fragen wir zuerst nach dem Todesjahr des Constantin. Derselbe starb im Jahre der Consuln Felicianus und Titianus (Gretser, 1134. Socratis hist. eccles. cap. XL) und zwar nach Socrates a. a. O. *τῇ δευτέρᾳ καὶ εἰκάδι τοῦ μαΐου μηνός* (die undecimo Calendas Junii, wie die latein. Uebersetzung hat) d. i. am 22. Mai, das Jahr jener Consuln ist aber 337 p. Chr. nach einem zum praktischen Gebrauch aus der Mitte des 4. Jahrh. compilirten Sammelwerke (s. Theodor Mommsen: Ueber den Chronographen vom Jahre 354, in den Abhandlungen der philol.-hist. Classe der kgl. sächs. Ges. der W. 1850 p. 623 vgl. p. 549). Es war aber nicht das zweite Jahr der 278. Olympiade (so Socrates, cap. XL), sondern es muss das dritte derselben gewesen sein, denn dieses entspricht dem Jahre 1088 u. c. oder dem Jahre 337 p. Chr. (s. Eusebi chronicorum libri duo. Edidit Alfred Schöne, Berolini 1875, p. 236). Nach diesem von Hieronymus vielfach ergänzten Chronicon des Eusebius starb Constantin im 66. Jahre seines Lebens (s. p. 192), nicht also im 65. Jahre (Herm. Soz. c. 34, p. 495. Gretser, 1132). Wäre nun Helena nach Socrates, welchem Cedrenus folgt, 12 Jahre vor Constantin gestorben (De sacris aedificiis a Constantino Magno constructis. Synopsis historica . . Joannis Ciampini . . Romae 1693, p. 124. vgl. Heinichen zu Eus. Vit. Const. III, c. 47), so würde das Jahr 325 ihr Todesjahr gewesen sein. Doch ist dies unmöglich, denn Helena überlebte (s. Heinichen a. a. O.) ein wenig den Tod ihres Enkels Crispus und der Fausta. Ersterer wurde aber im Jahre der Consuln Constantinus Augustus VII. und Constantius Caesar d. i. im J. 326 zu Pola in Istrien auf Befehl des Vaters getödtet, welcher damals sein 20. Regierungsjahr feierte. Demnach wird Helena's Tod am sichersten in das Jahr 327 gesetzt (vergl. Berggren: Bibel und Josephus, p. 195. Tobler: Golgatha, p. 74). Erfolgte derselbe nun kurze Zeit nach der Rückkehr aus Palaestina, ist ferner der Weg dahin nicht wohl unternommen worden vor der Unterwerfung des Licinius, welche im Jahre 324 stattfand und welche Constantin zum Herrn des Orients machte, ist ferner nach Eusebius (de vita Const. III, 10—18, 22 fg.), ebenso wie nach seinen Fortsetzern Hermias Sozomenus (lib. I, c. 17—25. lib. II, c. 1) und Socrates (c. 8. 16. 17) gewiss, dass Constantin erst nach der Synode zu Nicaea, d. i. nach 325, christliche Kirchen im Orient zu bauen begann, und berichtet endlich Eusebius erst nach der Beschreibung der in Jerusalem (Vit. Const. III, 29—40), Bethlehem und auf dem Oelberg (c. 41) erbauten Kirchen den Weg der Kaiserin, so ist derselbe höchst wahrscheinlich i. J. 326 unternommen und Anfang d. J. 327 vollendet worden (vgl. Baedeker: Palästina und Syrien, p. 83).

Dass Helena auf diesem Wege militärische Bedeckung hatte, ist zwar sehr wahrscheinlich, doch wird es erst in der epistola Leonis imperatoris ad Vmarum Saracenorum regem erwähnt (s. Gretser, de Cruce p. 1160). Vermuthlich reiste die Kaiserin in Gesellschaft der Eutropia, der Mutter der zweiten Gemahlin des Constantin; denn sie is die ὁσιωτάτη κηδεστρία (s. Heinichen zu Eus. Vit. Const. III, 52), deren Tochter Fausta Constantins Gattin war und deren in einem von Constantin an Bischof Macarius von Jerusalem und die übrigen Bischöfe Palästinas gerichteten Briefe über eine in Mambre zu stiftende Kirche Erwähnung geschieht. Der Brief beginnt mit den Worten: Ἐν καὶ τοῦτο μέγιστον τῆς ὁσιωτάτης μου κη-δεστρίας γέγονεν εἰς ἡμᾶς εὐεργέτημα κτλ. Wegen der Unmöglichkeit, hierbei unter κηδεστρία an Helena zu denken, und wegen der Schwierigkeit, eine besondere, sonst nirgends erwähnte Reise der Eutropia annehmen zu müssen, haben alte Interpreten ohne jede Berechtigung κη-δεμονίας statt κηδεστρίας lesen und dieses mit cura oder sollicitudo übersetzen wollen. Es bleibt aber nur die doppelte Möglichkeit, entweder eine besondere Pilgerfahrt der Eutropia anzunehmen, oder, was viel wahrscheinlicher ist, zu glauben, dass sie als Helena's Beglei-terin nach dem heil. Lande ging und in einem Briefe an Constantin über die in Mambre noch bestehenden heidnischen Culte Bericht erstattete. So ergiebt es sich aus Eusebius (Vit. Const. III, 52). Der Kaiser wollte dem heidnischen Cultus entgegentreten, und nach-dem zu diesem Zwecke der Bau der Kirche in Jerusalem (III, 29—40), in Bethlehem und auf dem Oelberg (c. 41) von ihm, um das Gedächtniss seiner Mutter zu ehren, angeordnet worden war, nachdem er ferner auch in Constantinopel (III, 48), in Nicomedien und An-tiochien (c. 50) Kirchen hatte erbauen lassen, erfuhr er (c. 51), dass der Heiland schon ehemals Gott wohlgefälligen Männern Palästinas bei der sogenannten Eiche Mambre (ἀμφὶ τὴν καλουμένην δρῦν Μαμβρῆ) erschienen sei; daher liess er dort einen οἶκος εὐκτήριος errich-ten und schrieb deshalb an den Bischof Macarius von Jerusalem. Die Nachrichten über die heidnischen Culte in Mambre hatte er aber durch Eutropia erhalten. Auch Sozomenus erwähnt dieselbe in diesem Zusammenhange und nennt sie lib. II, c. 4 (p. 448): ἡ τῆς γα-μετῆς Κωνσταντίνου μήτηρ. Hiermit steht Socrates nicht im Widerspruch, denn obgleich er bereits lib. I, c. 17 (p. 48) den Tod der Helena und erst dann (c. 18) die Vorgänge in Mambre erwähnt, so sagt er doch gleichfalls von den letzteren, dass Constantin sie „erfuhr". Vermuthlich gelangte diese Nachricht durch Eutropia an Constantin, und war letztere Helena's Begleiterin, so hat diese also auch Mambre bei Hebron besucht. Doch dürfte dies der einzige Ort gewesen sein ausser Jerusalem, Bethlehem und dem Oelberge.

Dies wird uns im weiteren Verlauf unserer Untersuchung gewiss werden; fragen wir zuvor nach Veranlassung und Zweck der nach dem heiligen Lande unternommenen Pilgerfahrt. Nach Socrates (I, c. 17, p. 46), Nicephorus (VIII, c. 29, p. 400) u. A. (vgl. Gretser, p, 1159) ging Helena, von Gott durch Träume bestimmt, nach Jerusalem; oder durch die Erscheinung des Kreuzes, welches Constantin am Himmel vor dem Kampfe mit Maxentius gesehen, und durch göttliche Gesichte bewogen, beschloss sie das Holz des hei-ligen Kreuzes in Jerusalem zu suchen (de sacris aedificiis a Constantino .. Joannis Ciam-pini .. Romae 1693, p. 118). Nach der epistola Leonis imperatoris ad Vmarum Saracenorum regem (Gretser, p. 1160) veranlasste Constantin seine Mutter selbst, den Weg zu unter-nehmen. Ebenso kam sie nach Ambrosius (s. Sancti Ambrosii Mediolanensis .. opera .. studio .. monachorum ordinis S. Benedicti, tom. II, Parisiis 1640, p. 1210, n. 43), um das Kreuzesholz zu suchen. Nach Paulinus (epist. de inventione S. crucis; s. Gretser, p. 1145) erbat sie sich von ihrem Sohn die Erlaubniss, die heiligen Orte reinigen zu dürfen. Die Bemerkungen späterer Schriftsteller über den Zweck der nach Jerusalem unternommenen Pilgerfahrt widersprechen sich also mehrfach, zum Theil geben sie auch die Aufsuchung des Kreuzes Jesu als Veranlassung des Weges an. Indess wird, wie wir unten darlegen werden, die Geschichte von der Auffindung des Kreuzes Jesu in Jerusalem durch Helena vollständig in das Reich der Fabel zu verweisen sein; und darum können wir uns vorläufig bei Bestimmung des Zweckes der nach Jerusalem unternommenen Pilgerfahrt einfach an Sozomenus' Bericht (II, c. 1, p. 440) halten: sie kam zu beten und die heiligen Orte zu sehen. Ebenso Eusebius: sie glaubte, dass es nöthig sei, Dankgebete zu bringen und den Fusstapfen des Herrn die geziemende Ehrerbietung zu erweisen (Vit. Const. III, 42). Be-reits vorher (III, 29 fg.) hat Eusebius gemeldet, dass Constantin an Macarius, Bischof von

Jerusalem, ein Schreiben richtete, in welchem er diesem den Auftrag gab, über dem in Jerusalem „gefundenen“ heiligen Grabe eine prachtvolle Kirche zu errichten. Es ist also unwahrscheinlich, dass nach Theodoritus (s. hist. eccles., Moguntiae 1679, c. 18, p 47) Niemand anders als des Kaisers greise Mutter selbst die Ueberbringerin jenes Briefes an Macarius war.

Ging Helena nach dem Morgenlande, um die heiligen Orte zu sehen und den Fusstapfen des Herrn die geziemende Ehrerbietung zu erweisen, so dürfte man aus diesen Worten allein wohl annehmen, dass die Kaiserin ebensowohl Jerusalem und seine Umgebung, als auch die durch Jesu Wirksamkeit bekannt gewordenen Orte Galilaeas besuchte. Doch hält es aus den oben dargelegten Gründen schwer, anzunehmen, dass Helena's Weg bis dahin gegangen sei; zumal da Eusebius, der gewiss nicht versäumt hätte, solches zur Verherrlichung seiner Heldin zu berichten, gänzlich davon schweigt und nur zwei als von Helena gestiftete Kirchen ausdrücklich namhaft macht. Im übrigen sagt er ganz allgemein (Vit. Const. III, 44), dass Helena Städten und Einzelnen ungeheuere Geschenke gab, dass sie der Armen sich annahm, Gefangene befreite, Verbannte zurückrief; dass sie (c. 45) häufig die Kirchen besuchte und dieselben durch trefflichen Schmuck zierte. Bereits c. 25 hat Eusebius berichtet, dass Constantin nach der Synode in Nicaea (capp. 6—21) an dem Orte der Auferstehung des Herrn in Jerusalem einen $o\tilde{l}zo\varsigma\ \varepsilon\dot{v}z\tau\acute{\eta}\rho\iota o\varsigma$ errichten wollte. Capp. 34—40 folgt die Beschreibung dieses Baues und des verwendeten Materiales. Cap. 41 folgt dann der Bericht über die Gründung der Kirchen in Bethlehem und auf dem Oelberg $(\dot{A}\pi o\lambda\alpha\beta\dot{\omega}\nu\ \delta'\dot{\varepsilon}\nu\tau\alpha\upsilon\vartheta o\tilde{\imath}..\dot{\varepsilon}z\acute{o}\sigma\mu\varepsilon\iota..)$. Er begann auch zwei andere Orte trefflich zu schmücken, nämlich die Grotte der Geburt Christi in Bethlehem und diejenige $\tau\tilde{\eta}\varsigma\ \varepsilon\dot{\iota}\varsigma\ o\dot{\upsilon}\rho\alpha\nu o\dot{\upsilon}\varsigma\ \dot{\alpha}\nu\alpha\lambda\acute{\eta}\psi\varepsilon\omega\varsigma$ d. i. die der Himmelfahrt Jesu. Noch einmal wird die letztere mit denselben Worter Anfang des Cap. 43 erwähnt und erst im weiteren Verlauf dieses Capitels als auf dem Oelberg befindlich $(\dot{\varepsilon}\pi\grave{\iota}\ \tau o\tilde{\upsilon}\ \tau\tilde{\omega}\nu\ \dot{\varepsilon}\lambda\alpha\iota\tilde{\omega}\nu\ \ddot{o}\rho o\upsilon\varsigma)$ bezeichnet. Das Subject in $\dot{\alpha}\pi o\lambda\alpha\beta\dot{\omega}\nu$ und $\dot{\varepsilon}z\acute{o}\sigma\mu\varepsilon\iota$ (Anfang c. 41) ist aber nach dem klaren Zusammenhang Constantin. Er war es also, welcher diese beiden Kirchen erbauen liess, und er wollte damit die Erinnerung an seine Mutter verewigen. Cap. 42 wird nun eingeschaltet, dass Helena nach Palästina kam, und nach c. 43 war sie es, welche dem Gott, den sie verehrte, zwei Tempel „weihte“; den einen über der Grotte der Geburt $(\tau\grave{o}\nu\ \mu\grave{\varepsilon}\nu\ \pi\rho\grave{o}\varsigma\ \tau\tilde{\omega}\ \tau\tilde{\eta}\varsigma\ \gamma\varepsilon\nu\nu\acute{\eta}\sigma\varepsilon\omega\varsigma\ \ddot{\alpha}\nu\tau\rho\omega)$, den anderen auf dem Berge der Aufnahme $(\tau\grave{o}\nu\ \delta'\dot{\varepsilon}\pi\grave{\iota}\ \tau o\tilde{\upsilon}\ \tau\tilde{\eta}\varsigma\ \dot{\alpha}\nu\alpha\lambda\acute{\eta}\psi\varepsilon\omega\varsigma\ \ddot{o}\rho o\upsilon\varsigma)$. Es kann also nicht zweifelhaft sein, dass nach Eusebius' Bericht Constantin es war, durch welchen die heilige Grabeskirche in Jerusalem erbaut wurde; nur darüber kann Zweifel entstehen, ob Eusebius die Erbauung der Kirchen in Bethlehem und auf dem Oelberge gleichfalls dem Constantin oder der Helena zuschrieb. Denn obgleich c. 43 nur gesagt ist, dass Helena beide Kirchen „weihte“, obgleich ferner gesagt ist, dass sie die Grotte der Geburt des Herrn mit bewundernswerthen Denkmälern $(\mu\nu\acute{\eta}\mu\alpha\sigma\iota\ \vartheta\alpha\upsilon\mu\alpha\sigma\tauo\tilde{\iota}\varsigma)$ schmückte, dass Constantin bald darauf auch diesen Ort durch königliche Weihgeschenke $(\beta\alpha\sigma\iota\lambda\iota z o\tilde{\iota}\varsigma\ \dot{\alpha}\nu\alpha\vartheta\acute{\eta}\mu\alpha\sigma\iota)$ ehrte, so heisst es doch weiterhin ausdrücklich, dass die Mutter des Kaisers wiederum ein Denkmal an die Himmelfahrt des Herrn unser Aller auf dem Oelberg durch aufgeführte Gebäude errichtete $(\pi\acute{\alpha}\lambda\iota\nu\ \delta'\dot{\eta}\ \mu\grave{\varepsilon}\nu\ \beta\alpha\sigma\iota\lambda\acute{\varepsilon}\omega\varsigma\ \mu\acute{\eta}\tau\eta\rho\ z\tau\lambda.)$, der Kaiser aber spendete auch für diesen Tempel Weihgeschenke; demnach ist es gewiss, dass nach Eusebius Constantin der Erbauer der Kirche über dem heiligen Grabe in Jerusalem war, aber es ist fraglich, ob die Kirchen in Bethlehem und auf dem Oelberg entweder gleichfalls dem Kaiser oder seiner Mutter ihre Entstehung verdanken.

Der Pilger von Bourdeaux, welcher bereits im Jahre 333, also drei Jahre vor Vollendung der Grabeskirche, Jerusalem besuchte, ist der erste, welcher über das unvollendete Werk Bericht erstattet. Er sagt in Bezug auf die heilige Grabeskirche: — jussu Constantini basilica facta est, i. e. Dominicum mirae pulchritudinis — (Itinerarium Antonini et Burdigalense Coloniae Agrippinae, 1600. p. 153). Und dass die Kirche von Constantin erbaut wurde, bestätigt Cyrill, welcher Diacon in Jerusalem war und in der Golgathakirche, nahe dem Orte, wo einst das Kreuz Jesu gestanden, seine 18 Katechesen hielt (vgl. Cyrilli .. opera ..

Lutetiae Parisiorum 1640, catech. XIV, p. 152). Ebenso viele spätere Schriftsteller. Wenn aber derselbe Cyrill an einer anderen Stelle seiner Katechesen (vgl. catech. XIV p. 147) die Kirche unter „den Kaisern" erbaut worden sein lässt, so können mit diesem Plural wohl nur die Söhne des Constantin, die Cäsaren und Theilhaber der Herrschaft, gemeint sein (vgl. Tobler: Golgatha, p. 74. Ernesti Friderici Wernsdorfii .. historia templi Const. .. 1770. Wittenbergae, p. X).

Der nicht völlig deutliche Bericht des Eusebius in Bezug auf die Entstehung der Kirchen in Bethlehem und auf dem Oelberg ist von späteren Schriftstellern so interpretirt worden, dass die Erbauung dieser Kirchen der Helena zugeschrieben wurde (vgl. Sozomenus p. 443 c. 11); andere (vgl. Gretser, de cruce p. 1128. Quaresmius, 405b) dagegen lassen auch die Kirche in Jerusalem von Helena erbaut worden sein. Ausdrücklich berichtet Socrates (hist. eccles. I, p. 46), dass Helena an dem Orte des Grabes Jesu einen prächtigen Tempel errichtete, den sie ʹIερουσαλήμ νέαν nannte. Nach Anderen sorgte Helena für Erbauung der Kirche in Bethlehem und auf dem Oelberg durch Constantin (De sacris aedificiis .. Joannis Ciampini .. Rom 1663 p. 150), oder baute zugleich mit ihm auch den Tempel in Jerusalem (Dissertatio de peregrinat. relig... autore .. Heideggero. Tiguri 1670, p. 165). Gewiss befasste sich beider Rath und Eifer mit diesen Werken, während Helena jene Orte durch ihre Gegenwart auszeichnete, gab Constantin die nöthigen Befehle und Mittel zur Ausführung derselben (s. Ernesti .. Wernsdorfii .. hist. 1770, p. X). Unmöglich aber kann eine fortgesetzte Theilnahme der Kaiserin an dem Bau der Grabeskirche in Jerusalem angenommen werden, da die Vollendung und Einweihung der letzteren erst im 30. Regierungsjahr des Constantin (s. Eus. vita Const. IV, c. 47: τῆς τρίτης δεκάδος τὴν περίοδον ἐκόσμει) nach der von dem Kaiser in Tyrus abgehaltenen Synode, mithin ungefähr acht Jahre nach Helena's Tode, stattfand.

Nach dem übereinstimmenden Zeugniss aller Berichterstatter wurde die Grabeskirche in Jerusalem über dem heiligen Grabe erbaut, so jedoch, dass die Grabrotunde oder Auferstehungskirche (Tobler, Golgatha p. 14) sich über der Stelle des Grabes Jesu erhob als der dritte westliche Hauptraum eines aus drei grösseren Theilen bestehenden Gebäudes, dessen mittlerer Theil die Golgathakirche war, also die Stätte der Kreuzigung umschloss, während der erste östliche Theil „die Basilica des Constantin" oder das Martyrium (Μαρτύριον) genannt wurde.

War nun nach den falschen Angaben späterer Historiker Helena die Erbauerin dieser Kirche, oder vielmehr dieses Kirchencomplexes, so war sie auch nach denselben Berichterstattern die Auffinderin des heiligen Grabes, welches bis dahin ziemlich hoch mit Erde überschüttet völliger Vergessenheit übergeben war. Nicht Constantin, wie Eusebius ausdrücklich berichtet (s. Vit. Const. III, 26), sondern Helena war es, welche (s. Socratis hist. eccles. p. 46, c. 17) das heilige Grab in Jerusalem aufgrub und reinigte, nachdem die Feinde Christi den Ort desselben durch Aufschüttung von Erde verborgen und ein Heiligthum der Aphrodite über dem Erdwall errichtet hatten. Sie zerstörte das Heiligthum, sie liess die Erdmasse abgraben und fand nun das Grab (τὸ τοῦ Χριστοῦ μνῆμα) und in demselben drei Kreuze zugleich mit einer Tafel, auf welcher die Inschrift des Pilatus stand. Bischof Macarius bezeichnete nun dasjenige der Kreuze als das des Herrn, durch dessen Berührung eine kranke Frau ihre Gesundheit wieder erlangte. Einen Theil dieses Kreuzes liess Helena in einer silbernen Kapsel eingeschlossen in Jerusalem zurück, während sie den andern Theil ihrem Sohn schickte: dieser liess denselben in seine Statue auf dem Forum in Constantinopel einfügen.

Dies ist die Sage von der Auffindung des heiligen Kreuzes durch Helena. An diese Sage erinnern bildliche Darstellungen in der Grabeskirche in Jerusalem. Hier ist Helena, und zwar auf der Nordseite des Grabdomes (Tobler: Golgatha, p. 156, 276), in einer Nische dargestellt im königlichen Gewand, mit dem Diadem geschmückt, in ihrer Rechten ein langes Kreuz und in der Linken eine Kugel haltend, in deren Mitte sich ein rothes Kreuz befindet mit der Inschrift: Helena Regina (Quaresmius, 459a). Unter der

Helenacapelle befindet sich die 9½ Fuss tiefer gelegene Kreuzfindungscapelle, in welche man aus jener auf 13 Stufen steigt (Tobler: dritte Wanderung, p. 272). Allerdings wird dieser eigentliche Fundort des Kreuzes Jesu erst seit dem Jahre 1400 erwähnt. Noch heute aber wird in Jerusalem der Kreuzfinderin gedacht bei dem täglichen Umzug der Franziskaner in der Grabeskirche; ein Theil des am Orte der Kreuzfindung gesungenen Hymnus lautet:

> Unica spes, o crux, ave,
> Hic inventa ab Helena.
> Per hanc salva, rege vagos
> Tua, Deus, gratia.
> Auge piis spem et fidem
> Et da eis veniam etc.

Auch der Hymnus, gesungen von den Franziskanern bei der Rückkehr in die Helenacapelle, erwähnt (Tobler: Golgatha, pag. 495 f.) die Finderin des Kreuzes:

> Fortem virili pectore
> Laudemus omnes Helenam,
> Quae sanctitatis gloria
> Ubique fulget inclyta etc.

Eine Mitwirkung des Constantin ist, ausser bei Eusebius, bei dessen Fortsetzer Sozomenus (p. 441 f.) und bei Nicephorus (eccles. hist. 1588, Francofurti, lib. VIII, c. 29, p. 400 f.) erwähnt; nach allen Andern ist Helena allein die Finderin des Kreuzes; allein kein Zeitgenosse des Constantin gedenkt überhaupt dieser Kreuzfindung (vgl. Heidegger, p. 166). Cyrill (epist. ad Const. imp. vgl. Opp. Lutetiae Parisiorum 1640, p. 247 C) ist der erste, welcher es in Constantins Zeit gefunden sein lässt, ohne Helena dabei zu erwähnen und ohne ein Wunder zu berichten, durch welche das Kreuz Jesu von denen der beiden Schächer unterschieden worden wäre. In diesen einfachsten Bericht von der angeblichen Kreuzfindung ist nun bei fast allen andern Schriftstellern Helena's Name eingetragen; so bei Ambrosius (oratio de obitu Theodosii; Opp. tom. II, Parisiis 1640, p. 1210. 43. 45. 46), Rufinus (s. Autores hist. eccl., Basileae 1544, lib. X, c. 7. 8. p. 222 f.), Paulinus Nolanus (s. Quaresmius, 411 b) und Andern (vgl. Theodosii hist. eccl. lib. I, c. 18, p. 47. Venerabilis Bedae .. Opp. tom. III, p. 363. Quaresmius, p. 401 b. 407 a. b. 409 a. 459 a. b. Gretser, de cruce p. 211. 212. 1128. 1142. 1147. 1149. 1160. De sacris aedificiis .. Joannis Ciampini .. Romae 1693, p. 118). Dass auch das von Hieronymus interpretirte und übersetzte Chronicon des Eusebius eine Andeutung dieser Sache enthalte, ist zwar behauptet worden (s. Heidegger, Tiguri 1670, p. 166. Quaresmius, 410 a. Gretser, 218), doch sind die betreffenden Worte (s. Hieronymi operum tom. VIII, Veronae 1740, p. 779 f.: Helena, Constantini mater, divinis monita visionibus beatissimum crucis signum, in quo mundi salus pependit, apud Jerosolymam reperit) späterer Zusatz (vgl. Eusebi chronicorum libri duo. Edidit Alfred Schoene, Berolini 1875, II, p. 3. 188. 190. 191). Bei Gretser (de cruce, c. LXIII. p. 217 f.) wird sogar, was ebenfalls unmöglich ist, nach Zurückweisung der calumnia der Häretiker in Bezug auf die Geschichte von der Auffindung des Kreuzes und nach Anführung von 28 Gewährsmännern für dieselbe, behauptet, dass man diese Thatsache auch in dem Brief des Constantin an Macarius (in den Worten: τὸ γνώρισμα τοῦ ἁγιωτάτου ἐκείνου πάθους, s. Bibel und Josephus .. von Berggren, Lund 1862, p. 247) angedeutet finden könne. Im Einzelnen variiren die Angaben Anderer, oder ergänzen sich. Nach Paulinus Nolanus (Quaresmius, p. 411 b) nahm Helena weise Männer und erfahrene Juden zu sich, alle vereinigten sich nun über den rechten Ort, ehe man nach dem Kreuze zu graben begann. Nach Sulpicius (Gretser, 211) halfen militärische Mannschaften und eine grosse Menge der Provinzialen den Ort bestimmen. Nach Rufinus (lib. X, p. 222 f.) suchte Helena in Jerusalem ab incolis den Ort zu erfahren, wo der Leib des Herrn am Kreuze gehangen. Nach Nicephorus (VIII, 29) zeigte ein Jude die Gegend des Grabes, welchem durch seinen Vater Simon eine Tradition von dem Kreuze bekannt gewesen sei (Gretser, 1692, 1696). Dass zugleich mit dem Kreuze auch die Tafel mit der Inschrift des Pilatus gefunden worden sei, wird nicht von Allen erwähnt; nur nach Ambrosius bestimmte diese Inschrift (vgl. die Worte: titulo crux patuit salutaris) das Kreuz des Herrn (s. oratio de obitu Theodosii, bei Gretser, p. 1142. 1210); nach Theodoritus (hist. eccl., Moguntiae 1679, p. 47), Rufinus (Autores hist. eccles., Basileae 1544, lib. X, c. 8, p. 223 vgl. Gretser, p. 1149) und Andern (Gretser, p. 428) fand es Bischof Macarius dadurch, dass er die heilende Kraft des Kreuzes an einer Kranken erprobte; nach Paulinus (Gretser, p. 1147) und der epist. Leonis imp. (Gretser, p. 1160) wurde sogar ein Todter durch Berührung des Kreuzes Jesu auferweckt.

Fast einstimmig wird ferner berichtet, dass Helena einen Theil des Kreuzes Jesu ihrem Sohn schickte (Gretser, 1150), einen andern, und zwar den grösseren Theil (Gretser, 1160), liess sie in einer silbernen Kapsel eingeschlossen in Jerusalem zurück (Gretser, p. 248). Nach Ado aber hatte sie das Kreuz Jesu so getheilt, dass jeder Theil die volle Gestalt des Kreuzes behielt. Wie schon bemerkt, fügte Constantin den ihm gesendeten Theil in seine Statue auf dem Forum zu Constantinopel ein; nach Ciampinus (de sacris aedificiis .. Rom. 1693, p. 118) aber legte er ihn in Rom in der von ihm zu diesem Zwecke erbauten Basilica Sessoriana, welche auch Heleniana heisst, nieder.

Alle diese im Einzelnen sich widersprechenden Nachrichten über die Kreuzfindung (s. Heidegger, p. 168) gaben bereits dem Patriarchen Eutychius von Alexandrien volles Recht, diejenigen, in deren Hände Schriften über die Auffindung des Kreuzes kommen würden, an das Paulinische Wort zu erinnern: Prüfet alles und das Gute behaltet (I. Thess. 5, 21). Dass die Kreuze in der Nähe der Gekreuzigten mit begraben wurden, ist zwar als jüdische Sitte anzunehmen (s. Gretser, 212. Quaresmius, 403 b), doch können bei den gänzlichen Mangel jeder hierauf bezüglichen Angabe im neuen Testament Schriftstellern des vierten oder noch späterer Jahrhunderte keine vollkommen sicheren Nachrichten entnommen werden.

An die Sage von der Kreuzfindung durch Helena schloss sich leicht eine andere an, nämlich die von der Auffindung der Kreuzesnägel, welche Sage ebenfalls jeder sicheren historischen Grundlage entbehrt; sie wird jedoch von Socrates (lib. I, c. XVII, p. 47), Sozomenus (II, p. 442), Rufinus (X, c. 8, p. 223 f.), Nicephorus (VIII, c. 29, p. 401) und Ambrosius (Opp. tom. II, p. 1211 n. 47) im Anschluss an die Sage von der Kreuzfindung berichtet. Nach verschiedenen Autoren (s. de corona .. et clavorum numero bei Quaresmius, p. 416a f.) betrug die Zahl der Nägel 3, 4 oder 8; die katholische Kirche zeigt im Ganzen sogar 14 verschiedene Kreuzesnägel in Rom, Venedig, Trier und an andern Orten (Heidegger, dissertatio p. 169). Beachtenswerth scheint nur die Bemerkung des Socrates (a. a. O.), dass Helena die Nägel, οἳ ταῖς χερσὶ τοῦ Χριστοῦ κατὰ τὸν σταυρὸν ἐνετάγησαν, dem Constantin sendete; da nun auch nach Ambrosius, Rufinus, Nicephorus und Sozomenus anzunehmen ist, dass Helena zwei Nägel ihrem Sohn schickte, so hat man daraus folgern zu müssen geglaubt, dass abweichend von der römischen Praxis nur die Hände Jesu, nicht auch die Füsse des Herrn von den Nägeln am Kreuze durchbohrt worden seien; doch s. hierzu den Commentar von Meyer zu Math. 27, 35. Dass Constantin die ihm übersendeten Kreuzesnägel zur Aufertigung eines Zaumes und eines Helmes verwenden liess, berichten übereinstimmend Rufinus und Nicephorus (vgl. Gretser, p. 1143); nach Ambrosius aber liess Helena selbst einen Zaum und ein Diadem fertigen, um beides dann ihrem Sohne zu übersenden. Im 6. Jahrh. fand die Sage von der Auffindung des Kreuzes und der Nägel auch in einem der hervorragendsten Gelehrten der vorkarolingischen Zeit einen Vertreter. Auch Gregor von Tours (s. Operum priorum .. I, 1640, Parisiis) lässt dem Bericht von der Auffindung des Kreuzes (s. cap. V, p. 10: De gloriosae Crucis inventione) ein Capitel über die Auffindung der Nägel folgen (s. cap. VI, p. 14: De inventione clavorum), ausserdem erwähnt er (cap. V), dass Helena im ganzen Orient auch andere Reliquien vor den Gräbern der Märtyrer und Confessoren habe suchen lassen.

Aus allem bisherigen ist zur Genüge bewiesen, wie sehr spätere Schriftsteller die Nachrichten des Eusebius über Helena erweiterten und mit sagenhaften Zügen schmückten;

und wollten wir diese Untersuchung weiter fortsetzen, so würde die Betrachtung der nach den Kreuzzügen entstandenen Pilgerbücher die Zahl jener sagenhaften Züge bedeutend vermehren. Wir glauben durch die obige Darlegung dasjenige ausgeschieden zu haben, was vor der historischen Prüfung besteht, und wenn nach derselben gewiss ist, dass die Erbauung der Kirche des heiligen Grabes in Jerusalem wesentlich dem Constantin und nicht seiner Mutter zuzuschreiben ist, so wird die Aufsuchung und Bestimmung der Localität des heiligen Grabes nothwendig in eine frühere Zeit fallen müssen. Es ist hier nicht der Ort, der überaus schwierigen und vielfach erörterten Frage nach der Aechtheit der Grabstätte Christi näher zu treten. Es genüge, das Eine zu bemerken, dass die heilige Grabeskirche, welche in dem mehr westlichen und bedeutend mehr nördlichen Theile des Mauerumfanges des heutigen Jerusalem zwischen der Westmauer der Stadt und der Westseite des Tempelplatzes liegt (s. Tobler: Golgatha, p. 15), unmöglich die wirklichen Stätten des Todes und der Auferstehung Jesu umschliessen kann (vgl. Tobler: dritte Wanderung, p. 270. Golgatha, p. 162. Robinson: Neuere Forschungen, p. 332). Ob man diese heiligen Stätten mit Jonas Korte, von welchem die Geschichte des Zweifels an der Aechtheit des gegenwärtig gezeigten Golgatha datirt, über 1000 Schritt weiter westlich suchen (vgl. Tobler: Golgatha, p. 162), oder ob man mit Thenius (Ilgen's Zeitschrift für hist. Theol., 1842, 4, p. 1 f.) den nordöstlich vor dem Damascusthor gelegenen Hügel, welcher die Jeremiasgrotte einschliesst, für die Stätte der Kreuzigung Jesu halten solle, dies eingehend zu erörtern würde die Grenzen dieser Untersuchung weit überschreiten. Für uns sind die besonders von Robinson und Tobler gegen die Aechtheit des Golgathahügels mit überzeugender Klarheit angeführten Beweise entscheidend, obgleich die von Schulz, Williams und Berggren (Bibel und Josephus, p. 248) und in zweiter Linie auch die von Tischendorf (Reise in den Orient, Leipzig 1846, II, 26 f.) u. A. zur Rettung der Ueberlieferung gebrachten Gegengründe nicht unbeachtet bleiben dürfen.